Μαρία Παπαγιάννη

Στον πίνακα!

Εικονογράφηση
Σοφία Τουλιάτου
Πέτρος Μπουλούμπασης

*Στο Στεργιούλη,
το Γιώργο, το Νικόλα*

ΕΚΔΟΣΕΙΣ ΠΑΤΑΚΗ

Θέση υπογραφής δικαιούχου δικαιωμάτων πνευματικής ιδιοκτησίας, εφόσον αυτή προβλέπεται από τη σύμβαση.

Εκδόσεις Πατάκη – Βιβλία για παιδιά και για νέους
Σειρά: Χωρίς σωσίβιο, Επίπεδο 1, Καβουράκια – 6
Μαρία Παπαγιάννη, *Στον πίνακα!*
Διεύθυνση και παιδαγωγική επιμέλεια σειράς: Βασιλική Νίκα
Εικονογράφηση: Σοφία Τουλιάτου, Πέτρος Μπουλούμπασης
Σχεδιασμός εξωφύλλου: Γεωργία Μ. Σωτήρχου
Διορθώσεις: Μάγδα Τικοπούλου
DTP: Κώστας Καγκελάρης

Πρώτη έκδοση, Αθήνα, Φεβρουάριος 2007
ΚΕΤ 4025 ΚΕΠ 03/07 ISBN 978-960-16-2254-5

ΕΚΔΟΣΕΙΣ ΠΑΤΑΚΗ

ΒΑΛΤΕΤΣΙΟΥ 14, 106 80 ΑΘΗΝΑ, ΤΗΛ.: 210.36.50.000 – ΦΑΞ: 210.36.50.069
ΚΕΝΤΡΙΚΗ ΔΙΑΘΕΣΗ: ΕΜΜ. ΜΠΕΝΑΚΗ 16, 106 78 ΑΘΗΝΑ, ΤΗΛ.: 210.38.31.078
ΥΠΟΚ/ΜΑ: Ν. ΜΟΝΑΣΤΗΡΙΟΥ 122, 563 34 ΘΕΣΣΑΛΟΝΙΚΗ, ΤΗΛ.: 2310.70.63.54-5
Web site: http://www.patakis.gr • e-mail: info@patakis.gr, sales@patakis.gr

Σε κάποιους
δεν αρέσουν
οι φακές,
σε άλλους τα
γιουβαρλάκια.

Σε άλλους δεν αρέσει να παίζουν με κάρτες
και σ' άλλους να παίζουν με κούκλες.

Σε άλλους δεν αρέσει το ένα
και σ' άλλους το άλλο.
– Περί ορέξεως κολοκυθόπιτα, λέει
η γειτόνισσά μας, η κυρία Λαμπρινή.

Ε, λοιπόν, εμένα δε μ’ αρέσει να σηκώνομαι στον πίνακα!

Τρελαίνομαι όταν βλέπω όλη την τάξη να ουρλιάζει στην ώρα των Μαθηματικών.

Κυρία, κυρία,
να σηκωθώ;
κυρία
κυρία
κυρία

Κάθε φορά που τη βλέπω να σκέφτεται ποιον θα σηκώσει στον πίνακα, κάνω τα πάντα για να μη με δει. Έχω βρει χιλιάδες τρόπους για να αποφεύγω αυτό το βασανιστήριο.

Τη μια φορά χάνω τη γόμα μου και πέφτω στα τέσσερα για να τη βρω.

Άλλη φορά με πιάνει το στομάχι μου και διπλώνομαι στα δυο.

Την άλλη φορά πονάει πολύ το κεφάλι μου.
Με βαραίνει τόσο, που δεν μπορώ να το σηκώσω από το θρανίο.

Χτες κρύφτηκα μια χαρά πίσω από τη φίλη μου την Αλεξάνδρα.

Σήμερα όμως για κακή μου τύχη διάλεξα την Αύρα, που είναι λεπτή και κοντή, και όταν η κυρία Ιωάννα ρώτησε:

Ποιος θέλει...

Με κοίταξε στα μάτια. Ήξερα ότι είχε έρθει η ώρα μου και, πριν προλάβει η κυρία να πει το όνομά μου, άρχισα να φωνάζω.

Πέτρο, τι έπαθες; Πονάς κάπου;
Πού;

Ναι, κυρία.
Δε θυμάμαι...

— Ααα! Κρίμα! γιατί ήθελα να πας στην αυλή να βοηθήσεις στο φύτεμα των λουλουδιών.

Ο κύριος Άγγελος μου ζήτησε
έναν εθελοντή.

— Κυρία, νιώθω πολύ καλύτερα!

Ας πάει η Αύρα καλύτερα, για να μην κρυώσεις και ξαναπονέσεις! Εσύ έλα στον πίνακα.

Και τώρα... παιχνίδι!

Στον Πέτρο δεν αρέσει να σηκώνεται στον πίνακα. Κάθε φορά φαντάζεται ότι ο πίνακας έχει ένα μεγάλο στόμα και δύο άγρια μάτια. Ζωγράφισε το ύφος που θα είχε ο πίνακας της δικής σου τάξης, αν έπρεπε να σηκωθείς...

στα Μαθηματικά...

στη Γλώσσα...

στη Ζωγραφική.

Ποιος έχει σειρά;

Παρατήρησε την εικόνα και πες ποιος έχει σειρά να σηκωθεί στον πίνακα, αν ξέρεις ότι:

Δεν είναι αγόρι.

Δε φοράει ριγέ μπλούζα.

Κάθεται στο πρώτο θρανίο.

Δε φοράει γυαλιά.

Δεν έχει κοντά μαλλιά.